U0142512

客家
師傅話
（鈴仔部分）

Hakka
Slang

# 緒　言

早時个先祖在無報紙、雜誌、電影、電視、收音機、電唱機、電腦網路遊戲等个時代，愛仰般調節疲勞、枯燥無味个生活？佢等就自然會尋機會想出在大樹下聊涼時，在店亭下打嘴古時，來挨絃仔唱山歌講古、講笑話、師傅話、做鈴子揣，來唱、來大鬧一番、大笑一番，消除疲勞𤸁㾓。

在農村無讀過書个人，就係文盲者个生活調劑中，想出唱、講、打、跳等來搞笑，使生活有變化，造成歡樂个氣氛。特別在一年一度个年宵節迎花燈活動時，辦燈「謎」為最高潮。「燈謎」就係客家人个揣鈴仔。這種生趣个康樂活動，能調劑精神放鬆情緒，有莫大个貢獻，功不可滅。

鈴仔有幾下種：有普通鈴仔、山歌鈴挷字鈴。普通鈴、鈴仔挷山歌鈴仔係，無讀過書毋識字个人，聽來學來个也有自己想自己編出來个，大部分係代代相傳个。這種鈴仔較簡單、較容易學、較容易瞭解，也較容易揣出來。

另外一部分有錢人，佢會買書讀，有經書、歷史書、傳仔小說看，佢等也會去學書法、畫圖、題詩作對來消遣時間，當作娛樂調劑生活。

本集係為著客家文化个傳承著想，將聽到想到个「鈴

仔」寫成。現在青年可能「鈴仔」係麼个？知个人可能無幾多。祖先傳下來這種恁有意思个頭腦運動，恁靚个話盡少聽到。

　　近年來這種个客家話，強強會毋見掉，所以較大膽用不流暢較白的客家語寫出來。目的係愛將祖先留下來个話語傳承下去，給老一輩再想起頭擺个生活情景回憶無窮。也愛提醒客家人在屋下愛教下一輩學會講客家話，學會讀客家字，挽回客家人失落阿姆話个危機，講客家話來復興客家文化。請多指教。

# 客家話令仔

## 謎語

# 客家話令仔（謎語）

## 數字成語

一、一時八刻　一家一務　一日到暗　一年透天　一言難盡

二、二貨仔　二絃（二胡）　二婚親　二房子女　二瓤瓜皮

三、三言兩語　三心兩意　三生有幸　三從四德　三聲無奈

四、四髀兩析　四門六親　四方八面　四時四節　四門透底

五、五穀豐登　五福臨門　五魂無主　五五十十　五湖四海

六、六六大順　六月牛眼　六月芥菜　六月毛蟹　六月棉被

七、七孔八竅　七手八腳　七早八早　七上八落　七七八八

八、八卦新聞　八仙過海　八方君子　八拜之交　八音樂器

九、九牛一毛　九死一生　九流三教　九世冤仇　九九重陽

十、十二生肖　十全十美　十月芥菜　十頭八日　十大九呆

行也係坐，企也係坐，坐也係坐，睡也係坐。
坐也係睡，企也係睡，行也係睡，睡也係睡。
企也係行，睡也係行，行也係行，坐也係行。

# 普通鈴仔（照筆劃順）

## 大部分愛落韻（答句）

一日毋知晝摎夜，擎棍仔打路邊花，雞啼正知天會光，狗吠正知有人家。

（猜一種高等動物。）

一支竹仔直溜溜，雞嫲孵子揞擎擎。

（猜一種食物）

一只東西圓黜黜，一只耳公顯耳骨，男人行前向往入，女人行前向往出。

（猜一用具）

5

一只東西真稀奇，扭扭皺皺又有鬚，別个東西皮包骨，這只東西骨包皮。

（揣一種動物）

答案 田螺

一位女兄台，朝朝到門外，事事摻佢講，從來毋開嘴。

（揣一物）

答案 蜘蛛

一枝竹仔一廿長，中央一點糖，揣得對分你嘗。

（揣一物）

答案 甘蔗枝

一支竹仔直溜溜，有鼻公無目珠。

（揣一工具）

答案 筆

一尾鰗鰍仔兩條鬚，有時喊佢出來講道理，帶等老弟出門做生理，拉厥耳公問佢多少年紀。

（揣一用具）

謎底　戥秤

一間屋仔矮矮觖觖，裡背戴等五子叔。

（揣一物）

謎底　手挔

一間屋仔分兩家，四男一女各一家，兩家不和亂亂打，打到清明正停下。

（揣一工具）

謎底　算盤

一個東西缺勒側，一暗晡無摸就睡毋得。

（揣一物）

謎底　眠床

7

一只青托盤，一支青竹管，空身去，摘子轉。

（揣一植物）

一只碗公裝等幾只卵，碗下弄等一條管，管下又生幾只卵。

（揣一植物）

一隻無腳雞，跕等毋會啼，食水毋食米，人客來到雛雛啼。

（揣一用具）

一間屋仔矮嫲嫲，底背戴等五子爺。

（揣一物）

一個細人仔矮𣕁𣕁，朝朝跪起扭屎朏。

（猜一用具）

謎底

---

一群鳥仔白蓬蓬，兩支竹篙撐落窟。

（猜一動作）

謎底

---

一重壁兩重牆，中央一個金姑娘。

（猜一種食物）

謎底

---

一對公婆真恩愛，平起平坐無口才，愛用時節豁啊忒，無愛時節拈起來。

（寺廟用具）

謎底

一墩黃泥竹杉桁，銃仔一響兵就行。

（猜一工作）

十三兄弟共懷胎，十二兄弟年年在，一個生做浪蕩子，三年兩年轉擺來。

（猜一現象）

二十四小時个餐廳。

（天文學名詞）

十分快樂。

（猜一商品名）

人人講偓兩公婆，自從毋識共下坐，佢嫌偓个皮恁皺，偓嫌佢个鬚恁多。

（揞兩種水生動物）

答案

蝦乙、鱉乜嫩

---

細（小）小針恁細，緊大緊羅喬，老了變駝背，因為子孫多。

（揞一植物）

答案

韭菜

---

細（小）細廚房門半開，煮好飯菜等客來，人客食到真有味，食飽愛轉門毋開。

（揞一居家用品）

答案

電鍋飯煲

上身雄邦邦，下身駝駝，有人喊阿公，無人喊阿婆。

（揣一動物）

答案
蠘仔

上崎笑荷荷，下崎走波羅，閻王捉毋著，官府奈毋何。

（揣一現象）

答案
風

大姊用線毋用針，二姊用針毋用線，三姊點燈毋做事，四妹做事毋點燈。

（揣四種蟲仔）

答案
蜘蛛、螢火蟲、火金蛄、紡織娘

大姊樹頂嗷，二姊擎大刀，三姊撥大扇，四妹嚇到跳。

（揣四種昆蟲）

大哥講話先下帽，二哥講話先挨刀，三哥講話先唥水，四弟講話雪花多。

（揣四種文具）

大肚姑娘，嘴筒長長，愛唥滾水，屙出黃湯。

（揣一用具）

山頂採竹，地上起屋，竹篙門樓，低頭入屋。

（揣一交通工具）

久久無停動，旋風一停動，面頂人大暢，下背人喊痛。

（猜一休閒活動）

千錘萬鑿出深山，烈火焚燒喊王天，粉身碎骨原不顧，只留清白在人間。

（猜一建材）

天下起屋毋耐企，起好鬧熱人人知，做盡人間因果事，離合幾多好夫妻。

（猜一活動）

14

天降一條線，跌下來就毋見。

（揣一氣象）

答案：落水

天頂一皮簽，跌下來會做賊。

（揣一動物）

答案：老鼠

冇笐樹，拗腹椏，先打子，後開花。

（揣一種植物）

答案：水果

手摙竹講親，繡線做媒人，菅蓁來報信，鐵鉤謀害人。

（揣一休閒活動）

答案：釣魚

孔明諸葛亮，坐在雲端上，畫出八卦圖，專收飛來將。

（猜一蟲名）

巴掌長，巴掌大，兩片毛哐哐。

（猜一動物器官）

出世在山青離離，賣到人間做奴婢，牽牽連連跳水死，死了跂起脫光衣。

（猜一種食物）

出身原來在富家，一敗貧窮變破紗，多承嫂嫂來照顧，謝你油鹽醬醋茶。

（猜一用物）

出門靚靚一蕊花，轉屋下變一條瓜。

（揣一用具）

答案
遮仔

打扮靚靚企田坵，企在田坵無朋友，一日三餐無飲食，田屑鳥仔噭啾啾。

（揣一器物）

答案
禾稈人

皮仔薄薄輕輕，骨仔零零星星，皮黃骨瘦問佢發麼个病，佢講肚屑燒到發驚。

（揣一照明器材）

答案
日光燈

半天吊豬肚，好食毋好煮。

（揣一水果）

答案
柚仔

17

半天吊豬腸，好食又好嘗。

（猜一青菜）

謎底
豆角

半天吊豬䘼，好食毋好搭。

（猜一水果）

謎底
枇杷

只有兩寸長，天下到處撞，儕儕都合意，食佢屑朏香。

（猜一消耗物）

謎底
菸

只騙中年人。

（猜一成語）

謎底
童叟無欺

18

台北市長打屁。

（猜一俗語）

白石對白石，有生根無生葉。

（猜身體器官之一）

四四方方一坵田，一窟清水在田邊，長腳烏鴉來食水，一飛飛到白雲間。

（猜一種文具）

四支竹腳，四支肉腳，仰會恁多腳，底背還有兩支腳。

（猜一交通工具）

四支堵八支撐，綑堵綑硬堵硬。

（猜一活動）

謎底 牛相鬥

四角無四方，高高在人上，有個盦盦覆，有個挺挺昂。

（猜一建材）

謎底 紅瓦工

四角籠床，珍珠吊樑，律上律下，想爛肚腸。

（猜一工具）

謎底 算盤

四面四角無四方，綾羅腰帶繫中央，連連拖拖跳落水，去到衙門脫光光。

（猜一食物）

謎底 糭仔

四腳撐撐，兩支彎釘，兩人撥扇，一人掃廳。

（猜一家畜）

答案

牛

出世盡驚光，生來像菜秧，一個有一頭，三頭湊等無一兩。

（猜一種青菜）

答案

豆芽

石做枕頭地做床，蔴索上身苦難當，利刀割忒思想肉，一生無夫不嫁郎。

（猜一種特殊工作）

答案

圖繪招牌

生在半天庭，共爺各哀生偅身，斬在他人頭，害死自己身。

（猜一植物）

答案

杉王樹

生在山頂青離離，轉到家中做奴婢，十八滿姑來打扮，滿姑打扮桃花枝。

（猜一工具）

謎底 掃把

生生量兩斗，煮熟二十斤，食過還有一斗又十升。

（猜一動物）

謎底 田螺

生來兩腳長槓槓，彈琴吹唱入間房，想食一點紅露酒，一下巴掌見閻王。

（猜一動物）

謎底 蚊子

生食食毋得，煮熟也食毋得，就愛緊燒緊食正做得。

（揣一種消耗物）

謎底：柴

生根無搭地，生葉無開花，街上有好買，菜園無種它。

（揣一食物）

謎底：豆芽

在山時節青離離，拿轉屋下剖兩耳，愛時將佢擺啊忒，無愛顛倒愛收起。

（揣一寺廟用具）

謎底：木魚

在山青黃青黃，摘轉屋下納米糧，連連牽牽水中死，死後分人脫衣裳。

（揾一食物）

答案：粟米

在山青睞睞，死㓨共窟埋，魂魄飛上天，骨頭街上賣。

（揾一燃料）

答案：炭

在生青離離，死㓨門背企，人行佢搇路，人坐佢就企。

（揾一用物）

答案：手杖

有八支腳，四支腳向天，四支腳向地，兩儕喊歪命，一儕喊救命。

（揣一種工作）

有眼不見天，有腳無搭地，在家三百日，出門毋知幾十年。

（揣一種現象）

有面無嘴，有腳無手，聽盡人講話，看盡人啉酒。

（揣一家具）

有翼飛毋起，無腳走千里。

（猜一動物）

---

同行共走同方向，相親相愛情相連，面向日頭企後背，背等月光企頭前，最驚天烏地又暗，嘶裂喉嚨不相見。

（猜一現象）

---

同宗共姓共祠堂，皆因無子摘過房，人人講係親生子，自家正知各爺娘。

（猜一裝飾品）

老阿婆電毛。

（猜一食物）

拒絕收紅包。

（猜一民俗療法）

企起來兩尺高，橫落去也兩尺長。

（猜一居家用品）

肉槤鬥肉窩，左手摘肩，右手摘屎胐。

（猜一種動作）

竹製圓圓亮適適，十八姑娘常常摸，一陣狂風吹入去，雙手遽遽就放它。

（猜一小工具）

答案
火鉗

男人國。

（猜一地名）

答案
廈門

身上著个烏袈裟，盤山過海尋人家，人人講佢浪蕩子，佢會賺錢轉屋下。

（猜一動物）

答案
燕子

你十六，𠊎也十六，共娘所生兩樣面目，日時同行夜同宿，長透冤家，到死毋會和睦。

（揣一休閒物品）

謎底
棋子棋盤（顛倒文字）

車仔駛差路。

（揣一藥名）

謎底
白芷（顛倒文字）

姊妹雙雙一般長，同出同入共商量，冷冷熱熱佢食過，甜酸苦辣共下嘗。

（揣一用具）

謎底
筷子（顛倒文字）

我家娘子好身材，腰仔一縮腳髀開，愛問其中个滋味，嘴言擘開舌先來。

（揣一食具）

兩人面對面，兩腳相鬥，一個齙牙齷齒，一個麻魂笑。

（揣一工作）

兩兄弟真和氣，空肚去飽肚回。

（揣一工作）

兩兄弟共十歲，手牽手當相愛，同心協力攻打城，敢拚有進就無退。

（猜一工具）

答案
竹篾片

兩片腫高高，中央一條窩，因為該種事，分人打還多。

（猜一工具）

答案
木砧

兩位瘦姑娘，身材一樣長，慣摻人唉嘴，滋味佢先嘗。

（猜一工具）

答案
筷子

兩姊妹平高平大，一暗晡無摸就睡毋自在。

（猜一用具）

東西恬遠互相吸，雙方有緣來相唉，大大方方擘開來，勇勇敢敢強強入。

（猜衣類部分品）

東風透西風，雲長遇關公，鳥正咬鼈仔，丈夫打老公。

（猜一種工作）

雨後春筍。

（猜一地名）

青堂瓦舍，絲線纏車，越剾越大，越刓越疤。

（揣一植物）

面頂有毛，下背也有毛，日時頭毛打毛，暗晡時毛礚毛。

（揣身上一小部分）

長腳小姑娘，彈琴入洞房，愛食紅露酒，拍手見閻王。

（揣一小動物）

看毋出摸得出，等到摸毋出，大家目汁出。

（揣一現象）

扁扁薄薄，跳上跌落，水浸毋濕，火燒毋著。

（猜一現象）

答案：相片

---

風吹皮會皺，雨來便生瘡，做得洗衫褲，也做得煮茶湯。

（猜一物）

答案：水

---

風吹皮皺，日曬春光，也好生食，也好煮湯。

（猜一物）

答案：水

---

前門閂，後門閂，斧頭刀嘛剁毋斷。

（猜一物）

答案：水

34

紅布包白布，一口食一口吐。

（猜一植物）

謎底
甘蔗

紅阿旦，白阿旦，火一到奮奮綻。

（猜一物）

謎底
鞭炮爆竹

紅色道路，無人能行。也無人行。

（猜地圖有个）

謎底
紅海

紅秤砣，白秤砣，見著水，冇冇浮。

（猜一食物）

謎底
湯圓

紅關公，白劉備，烏張飛，看到人劉備就走去园。

（揣一水果）

咬出腦牙屎，咬出老牙漿，咬到都喊恁香。

（揣一食物）

高山頂崠一夫田，無陂無圳水漣漣，也有白鶴來食水，也有烏鴉來巡田。

（揣一文具）

高山頂嵊起涼亭，涼亭內肚出古人，古人出來講古話，騙盡幾多現代人。

（揣一種活動）

高山頂嵊氣湧湧，揣得對界你捧。

（揣一物）

現代科學真精靈，做得隔山來談情，千里路遠做生理，手指一指能尋人。

（揣一物）

細人仔打赤膊，人客一到跳上桌。

（揣一用具）

細細平平共凳坐，共下長大起登科，文章做得一樣好，仰般排斥嫌棄我。

（猜一植物）

細細油蔴粒，緊大緊耗疏，敢嘗高山草，毋敢過松河。

（猜一現象）

細細像爺樣，緊大緊無像，後變不孝子，打死路邊放。

（猜一植物）

細細時節青竹黴，紅紅綠綠白等來，生時夫無到，死後反生夫正來。

（猜一動物）

做來圓圓四角孔，年年跈妹過山東，熱天不相見，寒天又相逢。

（猜一用具）

淰哺濟，淰哺濟，有肚屎無肚臍，有目珠無目眉。

（猜一小動物）

張飛面烏烏，專門愛打劉玄德，關公出啊來，棍仔就放掉。

（猜一用物）

答案
黑白人

無皮無骨，暗窟肚噭等出。

（猜一氣體）

答案
屁

無墊較高，墊著較矮，聽盡幾多纏綿情話，看過幾多戰鬥成敗。

（猜一用具）

答案
枕頭

尖嘴唇，硬舌嫲，毋食飯，只啉茶。

（猜一文具）

答案
鋼筆

稀奇真稀奇，鼻公當馬騎。

（猜一物）

碗公對碗公，中央入蟻公，盤對盤，中央會出泉。

（猜一工具）

爺著青衫，子著綠襖，綠襖脫啊忒，兩子爺平平老。

（猜一植物）

挺去用力，兩片生翼，背囊屙屎，肚底絡食。

（猜一工具）

愛食就來做，做到食毋得，街上無人賣，愛賣也賣得。

（揣一用具）

猜答　牙擦牙膏

愛靚。

（揣一汽車品牌）

猜答　喜美

萬歲，萬歲，萬萬歲。

（揣一名人人名）

猜答　毛永在

麼个真像真戰場，有兵有馬也有將，雙方對陣真激烈，兩軍戰士戰一場。

（揣一種活動）

猜答　捉棋

麼个生來一廿長，一頭生毛一頭光，無用時節燥爽爽，用時緊搓緊出湯。

（猜一用具）

謎底
牙刷

麼个生來鬍鬚鬍鬚，屎臭都毋知。

（猜一用具）

謎底
掃帚

遠看山有色，近看水無聲，春去花還在，人來鳥毋驚。

（猜一物）

謎底
圖畫

綠竹做籮，青竹接耳，搖到拶拶，裝一粒米。

（猜一食物）

謎底
粽子

像狗恁大聲，無狗恁高，緊行又緊坐。

（揣一動物）

廣東蕃薯，紅皮白肉，肚內生毛，皮外生肉。

（揣照明用物）

瘦小祝英台，睡等等哥來，中央摘落去，兩腳祛開來，硬硬揤落去，味緒走出來。

（揣一用具）

瘦牛嫲大骿骨，屙尿兩片出。

（揣住宅部分）

44

瘦狗牯十三齒，愛食泥，無愛食米。

（猜一農具）

遠遠看著像條馬，四腳祛祛向往下，千軍萬馬肚中過，石頭穀冇分三家。

（猜一農具）

遠看一隻烏雞嬤，行較前看無頭那。

（猜一種肥料）

睡等食，企等屙，屙毋出，搥腰骨。

（猜一用具）

滴扚樹，有個滴扚床，滴扚老公就有滴扚婦娘，
滴滴扚扚睡在一床。

（揣一工具）

盲目仔行夜路。

（揣一藥材）

頭那戴角帽，膚身著烏襖，揣得對畀你做老婆。

（揣一動物）

頭係四四方，尾仔圓叮噹，一日行三擺，一夜企
到光。

（揣一用具）

46

頭那鉤鉤鉤，尾像掃把頭，行路阿旦腳，講話大聲頭。

（揣一動物）

頭插紅花花毋開，身上錦衣身底來，人人講佢聲恁亮，齊喊天門漸漸開。

（揣一家禽）

頭圓尾直，六腳四翼。

（揣一動物）

請問避孕藥的主要成分？

（藥名）

還生時節水中企，死忒橫到貼貼地，食盡幾多屙糟水，聽盡幾多好言語。

（揣一寢具）

雖然毋是一個人，有權管理千萬人，草色喊你好通過，火來就喊你愛停。

（揣一交通號誌）

雙腳溜落龍門邊，聲聲句句喊王天，連喊多聲無人救，性命將將赴黃泉。

（揣一自然現象）

藤堵藤，壁堵壁，開黃花，打子赤。

（揣一植物名）

謎底
番薯

四角無四方，索仔縖中央，洗身無脫衫，洗好脫光光。

（揣一物）

謎底
雨傘

十只加十只，本本十只，十只減十只，也係十只。

（揣一物）

謎底
手襪仔

一只樹頭七只孔，揣得出來分你做阿公。

（揣一物）

謎底
人頭

49

生在山頂葉飄飄，死在凡間冷水浮，得著人間一把米，一條藺草捆在腰。

（猜一物）

上堵天下堵地，塞到乾坤透毋出氣，頭在西尾在東，塞到乾坤露毋出風。

半天一條橋，中央八卦樓，神仙毋敢過，八仙佇該搖。

（猜一自然現象）

大哥山頂坐，二哥滿身毛，三哥一身癩，四哥軟怠怠。

（猜四種青菜）

答案
白菜、絲瓜、苦瓜、莧菜

---

大哥棚上坐，二哥一身毛，三哥晃槓晃，四哥一身皰，五哥著紅衫，六哥頭犁犁。

（猜植物六種）

答案
絲瓜、苦瓜、茄子、苦瓜、絲瓜、南瓜

---

百年老舖。

（猜一處所）

答案
老公店

---

啞巴少女。

（猜一成語）

答案
妙不可言

# 山歌令仔

山歌多來山歌多，

一鑊酒有幾鑊糟？

一斗烏蔴幾多粒？

一條貓公幾多毛？

任也無講山歌多，

一鑊酒來半鑊糟，

烏蔴算斤無算粒，

貓公算條無算毛。

山歌精來山歌精，

唱條山歌講分明，

六十四筒幾多斗？

六十四兩幾多斤？

倕也毋係山歌精，

唱條山歌解得明，

六十四筒三斗二，

六十四兩係四斤。

問

麼个生來青離離？

麼个生來就皺皮？

麼个生來搽白粉？

麼个生來嘴含鬚？

答

菜瓜生來青離離，

苦瓜生來就皺皮，

冬瓜生來搽白粉，

包粟生來嘴含鬚。

阿哥有意妹有心，

毋怕山高水又深，

山高自有人開路，

水深自有造橋人。

哥也愁來妹也愁，

兩人愁切在心頭，

你就三日毋食飯，

𠊎就四日毋梳頭。

麼个生來叢打叢？

麼个生來一片紅？

麼个生來當汀吊？

麼个生來兩條龍？

答

韭菜生來叢打叢，

紅菜生來一片紅，

瓜仔生來當汀吊，

豆仔生來兩條龍。

麼个有鼻毋鼻香？

麼个有耳毋聽講？

一身生个橫絲肉，

肚內生有四條腸。

草鞋有鼻毋鼻香，

草鞋有耳毋聽講，

鞋底織有橫絲肉，

肚內生有四條腸。

問

麼个無骨在半天？

麼个無骨在身邊？

麼个無骨街上賣？

麼个無骨在胸前？

答

烏雲無骨在半天，

人影無骨在身邊，

豆腐無骨街上賣，

乳姑無骨在胸前。

麼个有腳毋會行？

麼个無腳走入坑？

麼个有嘴毋會講？

麼个無嘴唱人聽？

橙仔有腳毋會行，

蛇哥無腳走入坑，

茶壺有嘴毋會講，

電視無嘴唱人聽。

問

麼个生來一點紅？

麼个彎彎像把弓？

麼个生來當汀吊？

麼个遮日暗矇矇？

答

日頭出來一點紅，

月光彎彎像把弓，

星仔生來當汀吊，

烏雲遮日暗矇矇。

問

麼个恁高高過天？

麼个恁深深無邊？

麼个恁硬硬過鐵？

麼个恁軟軟過棉？

答

人心恁高高過天，

字墨恁深深無邊，

兄弟分家硬過鐵，

夫妻相好軟過棉。

**問**

山歌精來山歌精，

天山雷公幾多斤？

天上雷母是麼人？

行嫁麼人做媒人？

**答**

山歌精來山歌精，

天上雷公三百六十斤，

天上雷母玉帝女，

大白星君做媒人。

麼个上樹毋驚搖？

麼个造出半天橋？

麼个含泥無腳跡？

麼个作竇一支茅？

蟻公上樹毋驚搖，

蝲蜞做出半天橋，

燕仔含泥無腳跡，

黃蜂作竇一支茅。

麼个做來四四方？

麼人出來講文章？

麼人做官無帽戴？

麼人拜堂無共床？

戲棚做來四四方，

阿丑出來講文章，

狀元做官無帽戴，

生旦拜堂無共床。

問

當初麼人騎竹馬？

麼人馬上彈琵琶？

麼人去得西天到？

麼人陰府進南瓜？

答

劉龍圖曉騎竹馬，

昭君馬上彈琵琶，

唐僧去得西天到，

劉全陰府進南瓜。

老妹奉勸迷路人，

讀書阿哥愛認真，

食飽來學嫖賭飲，

枉費爺娘个心神。

橄欖打子花摘花，

阿哥欖上妹欖下，

手掀衫帕等哥欖，

哥欖一下就回家。

睡目愛睡乳姑下，

口渴就有乳當茶，

肚飢有該肉包子，

有好食來有好摸。

# 字鈴研究

「字鈴」个歷史當久:「源遠流長」係有閑時節「涼」、「打嘴古」時講來笑,來想个鈴仔个一種。特別「年霄節」「中秋節」時變成「燈謎」,成為一項極有味个大型娛樂活動。因為它適合全家娛樂,也適合睦鄰通,團體活動資料,所以成為民間歡度佳節不能少个節。

「鈴仔」種類當多:「字鈴」係最主要个一種,係利方塊漢字个形、音、義特色,用會意、離合、象形、別等特點所組成个。

## 一、會意

就係經過字鈴面个意思來思考、推理、聯等去尋謎底。(謎个答案)例:

「一片綠一片紅,一邊愛水驚蟲,一邊驚雨愛風,二片點一,然後過冬。」

字鈴前面三句係提示。「謎底」係由左右兩部分組成。後兩句又提示「謎底」�季節有關,這就不難尋到謎底;

（秋）。共樣性質个有：

「一字十四框，揣得對對高強。」（圖）

「左右對稱，高低共樣，拆開毋成字，合起來就毋對。」（非）

「兩個月字分毋斷，毋好當做朋字揣。」（用）

「生日相聚」（星）


## 二、離合
就係利用漢字个筆劃，偏旁，部首等拆開，或係合併做成个。例：

「一點一撇，扭扭捏捏，一只糞箕提到四只鱉。（為）

「有水能養魚蝦，有土能種禾茶，有人毋係你我，有馬會走天下」。揣四只字。鈴仔面提示：謎底拏三點水，土字

旁，人字旁，馬字旁都做得組成無共樣个字，總係愛符合鈴仔面个意思。（也）：池、地、他、馳。

「有人园一邊，有馬衝向前，有嘴多請教，有耳可聽見。」（門）：閃、闖、問、聞。

「春到三人走」，因為「春」字係三、人、日三部分組成个，三人都走掉，剩下就係（日）。

## 三、象形

係另外一種格式；它係利用象形字个特點，從字鈴字形去尋謎底。例：

「牛過獨木橋」；因為「生」字个形象就係一隻牛在獨木橋頂。（牛、一）

## 四、別解體

就係對鈴仔字面有關个別个意思去想去揣，例：

「中午多雲有雨」（滸）

　　這係一句看起來像氣象用語，其實拵氣象無半息關聯，它係用「午、雲、雨三部分組成，「雲」係多意思个字，可以做多詞，「雲」就係：「言」意，「雨」借用其三點水，「午」「三點水」「言」三部分組成一個字。

「將相和」（斌）

　　「將」係將官，在這當做武官，「相」係宰相係文官，結合起來就成為「斌」字。

## 五、綜合體

　　就係上面幾種形式个綜合來利用組成。例：

「妻子開門」（規）

　　妻子開門被老公（丈夫）看（見）到，夫拵見組成个字。

「上堂去了各西東」這是唐人王播的詩句。（吐）

「堂」字去了上半部，剩下半部就係「口」挘「土」分置西東就係「吐」。

「白雨跳珠亂入船」是蘇東坡的詩句。（沁）

「心」字个一勾條船，其他六點參差不齊，係雨點樣落在船頂。

「單槳劃輕舟，出沒波浪中。」

這係描寫大自然美景極好个詩句。（必），丿係單槳，輕舟係乚，另外三點成為波浪。

舉例：

一口咬忒牛尾。

号
猜

一夜又一夜。

二小姐。

八口之家。

十一月。

九點。

十個阿哥。

謎底 克

七十二小時。

謎底 晶

十字架上三個人。

謎底 來

小人國。

謎底 府

千言萬語。

謎底 啊

元旦。

謎底

牛頭人身。

謎底

面子少三字。

謎底

寶島姑娘。

謎底

國慶日。

謎底

鏡中人。

謎底 丫

九十九。

謎底 白

當優良个鳥。

謎底 鷹

一十一、九十九、五斗加五斗。

謎底 晶

一個人戴著草帽爬上樹。

謎底 茶

一斗米。

一字斜角方，當中兩點糖，攔腰一支棍，可惜無人打。

一家有七口，耕田耕一畝，自家食都毋罅，還愛畜條狗。

一點一橫槓，兩個鬼仔吊晃槓。

一點一橫槓，一撇到南洋，十字相打，日字來救開，月字企著眼呆呆。

謎底
腐

一點一橫槓，二字口來張，有田又無水，有月又無光。

謎底
胃

一大一小，一跳一走，一個食人，一個食草。

謎底
貓

十六兩多一點。

謎底
斥

十五日。

謎解

十字肚裡空。

謎解

13　11　81。

謎解

九日。

謎解

九隻鳥。

謎解

三人騎牛牛無角。

（謎底：奉）

三個婦人家睡一頂床。

（謎底：姦）

三隻老虎。

（謎底：彪）

上有十一口，下有二十口。

（謎底：古）

上面正差一橫，下面少去一點。

（謎底：步）

千里相逢。

答案
重

仁者失人。

答案
二

天天。

答案
翻

天高不算高，比天還較高。

答案
夫

五口之家，外種一樹。

答案
困

不忠不孝不仁不義。

少女在家。

太陽西邊下，月光東邊掛。

半出半進。

田土相連。

目字加兩點。

答案 賀

正字少一橫，莫作止字揣。

答案 步

專車。

答案 轉

曹操笑，劉備噭。

答案 器

通通有獎。

答案 切

無橫無直十一筆，孔夫子揣三日。

字謎

無人做伴。

字謎末

烏狗。

字謎獨

楓樹無風，旁邊有位老公。

字謎楓

傳教士。

字謎理

閻老王。

謎底

獨眼龍。

謎底 省

無禮義廉恥。

謎底 盡

關門時看到日頭。

謎底 間

正月無初一。

謎底 肯

台上有兩燭，台下有垤木。

用錢去幫助人。

半部春秋。

有一子字一女。

有兩個人企在半樹頂。

有一點做得主。

有轎無車。

池裡不見水。

陂塘水燥忒。

企在日頭頂高。

各地方个土語。

羊畜大。

羊指示。

自己畜个狗。

舌嫲頭切斷。

多一半。

謎底
夕

百萬雄兵捲白旗，天下大事無人知，秦天剁忒余元帥，罵到將軍無馬騎。

謎底
一、二、三、四

弄璋之喜。

謎底
甥

弄瓦之喜。

謎底
甡

長方形一半。

謎底
中

金字塔。

金
謎底

東門樓上草生花。

蘭
謎底

兩兄弟平平企好。

竹
謎底

兩口不分開。

日
謎底

兩山重疊。

出
謎底

兩斤干貝。

兩點水。

兩橫大，兩橫小。

金木水火。

森林大火。

祖先个話。

謎底 羅

南方有一人，身背兩葫蘆，最愛楊柳木，獨怕洞
庭湖。

謎底 傘

馬豬結拜兄弟。

謎底 駱

皇帝嘴角一只痣。

謎底 王

科學始終合作。

謎底 幸

侄無佢有，天無地有。

答案 也

酒中無水，簡直活見鬼。

答案 酉

草木之中人來往。（人間草木）

答案 茶

海邊無水浮來一木。

答案 梅

視馬如神。

答案 馮

94

陰盛陽衰。

謎底 明

一字九橫六直落，大家一定揣毋著，做得請教太
陽舅，包你三日正揣有。

謎底 曬

缺口夾仔。

謎底 曾

上下合。

謎底 卡

一家十一口。

謎底 吉

裹腳。

謎底：腿

日頭西片下，月光東片掛。

謎底：眼睛

人間草木。

謎底：茶

點點是黃金。

謎底：米

真丟人。

謎底：真

欲言又止。

指東說西。

只有姐姐妹妹摎弟弟。

*Note*

*Note*

國家圖書館出版品預行編目資料

客家師傅話(鈴仔部分)／廖德添編著.
-- 初版. -- 臺北市:五南, 2016.05
　　面；　公分
　　ISBN 978-957-11-8170-7(平裝)

1.客家文學 2.謎語

863.758　　　　　　　　　　104010947

4X14 客語系列

# 客家師傅話(鈴仔部分)

編　　著 — 廖德添

發 行 人 — 楊榮川

總 編 輯 — 王翠華

主　　編 — 黃惠娟

責任編輯 — 蔡佳伶

封面設計 — 黃聖文

版式設計 — 廖秀貞

出 版 者 — 五南圖書出版股份有限公司

地　　址：106台北市大安區和平東路二段339號4樓

電　　話：(02) 2705-5066　　傳　　真：(02) 2706-6100

網　　址：http://www.wunan.com.tw

電子郵件：wunan@wunan.com.tw

劃撥帳號：01068953

戶　　名：五南圖書出版股份有限公司

法律顧問　林勝安律師事務所　林勝安律師

出版日期　2016年5月初版一刷

定　　價　新臺幣160元

贊助單位：「客家委員會」